LE

LIVRE DE L'ERMITE,

Opéra-Comique en deux Actes,

Représenté pour la première fois sur le Théâtre de l'Opéra-Comique,
le 11 Août 1831.

PAROLES DE MM. E. DE PLANARD ET PAUL DUPORT,

MUSIQUE DE M. CARAFA.

....

Prix : 2 fr. 50 c.

....

PARIS,

CHEZ LES ÉDITEURS DE PIÈCES DE THÉÂTRE.

1831.

PERSONNAGES.　　　　ACTEURS.

MELLO, jeune pêcheur . . . . . . M. CHOLLET.

ANTONIA, sa fiancée . . . . Mme. PRADHER.

INEZ, sœur d'Antonia . . . . Melle. PRÉVÔT.

FERNAND, amoureux d'Inez . . . M. MOREAU-SAINTI.

DON PASCAL, père de Fernand. M. BOULLARD.

MAZETTO, jeune Villageois. . . . M. FÉRÉOL.

Pêcheurs, Villageois, Villageoises.

La Scène est en Portugal, sur les bords du Tage.

Le Théâtre représente une Campagne. Le Fleuve traverse le fond du théâtre. Une Cabane à droite dans le fond. A gauche, sur le devant du théâtre, un petit Berceau d'orangers.

Toutes les notes qui indiquent *la droite* ou *la gauche*, doivent s'entendre de la *droite* ou de la *gauche* des acteurs.

LE
LIVRE DE L'ERMITE,

OPÉRA-COMIQUE.

~~~~~~

ACTE PREMIER.

SCÈNE PREMIÈRE.

MAZETTO, *sous le berceau d'orangers, étendu sur le gazon et lisant un vieux livre in-quarto, avec des fermoirs de métal.* PÊCHEURS *des deux sexes arrivant par le fond à gauche, le long du rivage.*

CHŒUR.

Célébrons le mariage
De Mello, d'Antonia!
Leur amour est le présage
Du bonheur qui les suivra.

MAZETTO, *sans se déranger.*

Peste soit de leur tapage!
Lisez donc par ce train-là!

CHŒUR.

Chantons, chantons Mello, chantons Antonia!

SCÈNE II.

LES MÊMES, INEZ, *sortant de la cabane.*

INEZ.

Ma sœur finit sa toilette,
Et son époux va venir.

1*

CHŒUR.

Le jour qui doit les unir
Est pour nous un jour de fête.

MAZETTO, *cachant son livre dans les branches.*

Leur gaîté me rompt la tête !
Je voudrais pourtant dormir.

(*Il se bouche les oreilles avec ses mains, et se couche tout de
son long.*)

INEZ, aux *Pêcheurs.*

Mello, de notre enfance
Fut l'ami généreux ;
Mais, pour sa récompense,
Nous n'avions que des vœux !
Que je suis satisfaite,
Puisqu'aujourd'hui ma sœur
Va payer notre dette
En fesant son bonheur !

CHŒUR,

Chantons, chantons Mello ! célébrons son bonheur !

SCÈNE III.

LES MÊMES, ANTONIA *en habits de noce, sortant de la
cabane.*

ANTONIA, *gaîment.*

Amis, me voilà, me voilà.

CHŒUR.

Bonjour, Antonia ! Bonjour, Antonia !

ANTONIA.

L'amitié vous convie
Ici jusqu'à demain ;
Qu'une chanson jolie
Anime le festin.
On dit que je suis folle
Et que je ris de tout ;
Si je tiens à ce rôle,
C'est aujourd'hui surtout.
J'entends d'ici d'avance
Le signal de la danse !
Allons, vite, en cadence !
Et c'est moi qui commence !
   Allons, rions,
   Chantons, dansons !

L'amitié vous convie, etc.

SCÈNE IV.

LES MÊMES, MELLO, *arrivant le long du rivage, à droite.*

MELLO, *gaîment.*

Vive, vive le mariage!
Je suis au comble de mes vœux.

CHŒUR.

Quelle gaîté sur son visage!
Qu'il est content! qu'il est heureux!

MELLO.

COUPLETS.

Gaîment sur le Tage,
Jeune enfant, j'allais,
Défiant l'orage,
Jeter mes filets;
Ma barque sur l'onde
Voguait loin du bord,
Et la nuit profonde
M'y trouvait encor!....
Alors de la rive
Une voix craintive
Venait en écho
Me crier : Mello!...
Mello!... ho!... ho!... ho!...
Et c'était ma mère
Dont le cri d'amour
D'un fils téméraire
Guidait le retour.

(*à Antonia*).

Maintenant, ma chère,
Vivant sous ta loi,
Je n'attendrai guère
La nuit loin de toi :
Je veux être sage;
Mais si par hasard
Ma barque au rivage
Revenait trop tard,
C'est la voix chérie
De ma tendre amie
Qui, glissant sur l'eau,
Me dira : Mello!...
Mello!... ho!... ho!... ho!...
Et bientôt, ma belle,
A ce cri d'amour
Ton époux fidelle
Sera de retour.

INEZ, *à part, regardant sur le fleuve, à gauche.*

En vain mon cœur l'appelle, hélas!
Il ne vient pas ! il ne vient pas!

MELLO, *aux Pêcheurs.*

Venez, sans tarder davantage,
A déjeûner je vous engage.
Dans le bosquet, mes chers amis,
Là-bas, votre couvert est mis.

TOUS, *suivant Mello et Antonia.*

Célébrons le mariage
De Mello, d'Antonia !
Leur amour est le présage
Du bonheur qui les suivra.

(*Sortie par le fond, à droite.*)

SCÈNE V.

MAZETTO, *sous le berceau ;* INEZ, *sur le rivage.*

MAZETTO, *avec humeur.*

Allons, jarni! courage ! criez un peu plus fort! agitez-vous! faites des gambades !.... Ils vont m'étourdir ainsi toute la journée. Les fiancés ne vont à la chapelle que ce soir. Mais voici pourtant un peu de silence, et je puis relire en cachette, pour la douzième fois, cette histoire si singulière, si divertissante du seigneur Mascarillez !.... (*Il sort du berceau.*) Voyons, je crois qu'il n'y a plus personne?... Allons! encore Inez!

INEZ, *le voyant.*

Ah ! c'est toi, Mazetto.

MAZETTO.

Oui; et vous aimeriez mieux que ce fût un autre.

INEZ.

Et qui donc?

MAZETTO.

Le beau mystère! Et pardi, votre galant jardinier du château, ce nouveau venu dans le pays. C'est un drôle d'amoureux que vous avez là ! il se donne avec moi des airs de prince; et, l'autre jour, je lui ai vu mettre des gants tout neufs, pour prendre la rame de son bateau.

INEZ, *soupirant*.

Il m'avait promis d'être ici de bonne heure.

MAZETTO,

C'est cela! voilà les soupirs. Et le pire de tout, c'est que votre tristesse me gagne aussi par contre-coup; car je ne suis affectionné qu'à vous dans ce monde; et que, lorsque je vois une seule petite larme dans vos yeux, crac!... voilà les miens qui pleurent pendant deux heures. Tenez, êtes-vous disposée? Essayez, vous allez voir.

INEZ,

Ne me tourmente pas. Tu ferais mieux d'aller avec la noce danser et t'amuser.

MAZETTO.

Plaît-il? Moi, me trémousser, et aller, comme un imbé-cille, mettre une jambe devant l'autre sans y être obligé?

INEZ.

Quoi! ton extrême paresse t'empêche même de prendre aucun plaisir?

MAZETTO.

C'est-à-dire, que la paresse est précisément le seul plaisir que je comprenne. Vous savez bien que je n'ai jamais pu rien faire de ma vie, si ce n'est d'apprendre à lire avec vous, parce que la lecture est un métier fort agréable; on est assis tout à son aise; et puis, l'Ermite me donnait des figues et des amandes, quand j'avais dit mes lettres sans faute.

INEZ.

Pauvre père Ambroise! comme il nous aimait tous!

MAZETTO.

Oh! vous surtout, il vous trouvait plus de bon sens qu'à votre sœur, et il vous a presque donné l'éducation d'une dame. C'est bien dommage qu'il soit trépassé!

INEZ.

Et nous n'étions pas là pour recevoir sa bénédiction!

MAZETTO.

Il n'y avait que moi. La veille, il se portait bien. Je m'é-tais endormi sur la porte de sa grotte; au lever du soleil, j'entendis comme un gémissement; j'allai vers son lit de feuilles ; il ouvrit les yeux, parut content de me voir, et me fit son héritier.

INEZ.

Que veux-tu dire?

MAZETTO, *en confidence.*

Ce que personne ne sait encore, ce que je veux cacher à tout le monde, excepté à vous, tant j'aurais peur qu'on ne me disputât mon cher trésor !

INEZ.

Un trésor?

MAZETTO.

Son livre, ma petite! son admirable livre où il écrivait chaque jour quelque historiette véritable ! Je suis sûr que c'est un talisman, une amulette qui me fera plus de profit que vingt pèlerinages à Saint-Jacques de Compostelle.

INEZ.

Oui, il nous portera bonheur.

MAZETTO.

Écoutez donc, je crois bien que c'était l'intention du pauvre homme. Quand j'arrivai près de lui, il ne pouvait plus parler. Quelques mots sans suite, pourtant; je crus l'entendre me dire : Mes amis, je vous quitte!..... Dieu m'appelle!.... mais cette pauvre Inez!.... Inez!.... son bonheur !... il est là!....; et faisant un effort, il posa le doigt sur son livre, me fit signe de le prendre et ferma les yeux pour toujours.

INEZ.

Il voulait dire que les sages maximes écrites par lui remplaceraient les leçons de vertu qu'il me donnait sans cesse.

MAZETTO.

C'est peut-être cela; car, depuis sa mort, j'ai appris par cœur toutes ses pages, et votre bonheur ne m'est pas encore tombé sous la main.... Ah! cependant, il y a encore un parchemin que j'ai trouvé dans le livre, et que je n'ai jamais pu déchiffrer.

INEZ.

Il n'est donc pas de la main de l'Ermite?

MAZETTO, *tirant le parchemin de sa poche.*

Non, vraiment ; tenez, voyez la différence. Oh ! le dessus est beau ; un gros cachet en cire d'Espagne, un petit ruban vert. Mais le dedans, c'est le diable et sa griffe !

INEZ, *regardant.*

Oh ! quelles lettres entortillées ! je n'y connais rien.

MAZETTO.

Pas vrai ? et cependant vous lisez bien mieux que moi. Il faudra que j'aille dimanche, en sortant de vêpres, chez le sacristain du couvent. Quant à vous, si vous êtes sage et gentille, je vous lirai, dans mon livre, l'aventure de Mascarillez !

INEZ.

Mascarillez ?

MAZETTO.

Oui, un galopin de Lisbonne, qui court le monde depuis quarante ans, en se faisant passer pour un grand seigneur. Oh ! le drôle de corps !

INEZ, *vivement.*

Tais-toi !.... silence !.... écoute !

MAZETTO.

Quoi donc ?

INEZ.

Sur le fleuve...., le bruit d'une rame.

MAZETTO.

Eh ! pas le moins du monde ; c'est la brise qui agite les citronniers.

INEZ, *tristement.*

Tu as raison. Adieu ; ma sœur s'affligerait de mon absence, et je ne veux pas troubler la joie d'un si beau jour. (*Elle sort par le fond, à droite.*)

SCÈNE VI.

MAZETTO, *seul.*

Ah ! bien oui, sa sœur ! c'est bien elle qui prend du chagrin ! Je suis sûr que celle-là serait amoureuse quarante ans

de suite, sans perdre une minute de sa jovialité. Oh! elles
ne se ressemblent guères! et cependant il n'y a pas deux
sœurs dans le monde qui s'aiment aussi tendrement ; et, si
un jour on les séparait, ce serait les condamner à mourir
tout aussitôt. Mais je n'y pense pas, voilà un quart d'heure
que je suis planté sur mes pieds; on dérange toujours mes
habitudes! asseyons-nous. (*Il s'assied sur une pierre, près
du berceau.*)

SCÈNE VII.

MAZETTO, DON PASCAL. *Il arrive par le fond, à gauche,
et parle à un domestique.*

DON PASCAL, *au domestique.*

Eh! oui, vous dis-je, puisque ce maudit rivage est assez
mal tenu pour empêcher ma litière d'avancer, allez vous
remiser au village; j'irai vous rejoindre. Je veux être seul
ici.

MAZETTO, *assis.*

Allons, voilà encore un criard qui nous arrive.

DON PASCAL, *sans voir Mazetto.*

Peste soit de l'Ermite et de l'ermitage! comment diable ce
vieux renard a-t-il su que j'étais de retour en Portugal? Quand
on m'a remis son billet, j'ai pensé me trouver mal. « Je vous
ordonne de venir sans retard dans ma solitude. » Voilà toute
sa lettre, et mon incertitude est insupportable.

MAZETTO.

Il babille tout seul; c'est assez bête.

DON PASCAL.

Voyons.... je ne reconnais pas le chemin.... il y a si long-
temps !.... (*Voyant Mazetto.*) Ah! voici peut-être un
guide. Bonjour, mon ami.

MAZETTO.

Merci, je me porte bien; et la vôtre?

D. PASCAL.

Dis-moi? vous avez un ermitage ici? veux-tu m'y con-
duire ?

MAZETTO.

Oh ! non pas ; le soleil est trop chaud,

D. PASCAL.

Hein ? qu'est-ce que c'est que ce drôle-là ?

MAZETTO.

Bah ! et qui êtes-vous donc, vous-même ?

D. PASCAL.

Qui je suis, insolent ?

AIR.

J'ai trente quartiers de noblesse,
Quarante pères grands seigneurs,
Et la plus immense richesse
Vient soutenir tous mes honneurs.
Partout le bonheur m'accompagne ;
En tout pays j'ai des châteaux :
Au Nouveau-Monde, en Allemagne,
En Portugal, même en Espagne,
Pour rendre le proverbe faux.
   Pour les noms dont on m'appelle,
   Ils sont une kirielle :
   Don Pascal de Ribéros,
   Seigneur de Torribios,
   D'Alméda, d'Olivéros,
   Et puis de Montésinos.
   Je suis marquis de Mandille,
   J'ai des comtés en Castille,
   Et, par-dessus tout cela,
   Le duché m'arrivera !

J'ai trente quartiers de noblesse, etc.....

MAZETTO, *toujours assis.*

Qu'est-ce que ça me fait à moi ? vous êtes bien bon enfant
de vous égosiller à m'en raconter si long.

D. PASCAL.

Tais-toi. Du respect ! et songe que tu es mon vassal.

MAZETTO.

Moi ?

D. PASCAL.

Sans doute ; je suis le maître de la superbe terre dont vous dépendez; là, de l'autre côté du fleuve. (*Il désigne le fond, à gauche.*)

MAZETTO, *se levant.*

Comment! l'héritage des comtes Médina, dont toute la famille fut proscrite, il y a long-temps, et engloutie avec le vaisseau qui l'emportait loin d'ici? Oh! les braves gens! on en parle encore dans le pays.

D. PASCAL.

Oui, le nouveau roi regrette cette famille, et les temps seraient bien changés pour elle. Mais comme ils sont tous morts, l'État jouissait de leurs biens; et Sa Majesté, à qui j'ai avancé beaucoup de piastres, m'a dit, l'autre jour : Mon ami don Pascal, prenez, prenez toujours à compte la seigneurie de Médina. Je l'ai prise, moi; et j'arrive de Lisbonne pour faire connaissance avec mes nouveaux domaines, où mon fils m'a précédé de quelques jours.

MAZETTO, *montrant le fond, à gauche.*

Eh bien! le voilà là bas, votre château. Il vous faut revenir sur vos pas.

D. PASCAL.

Ne t'ai-je pas dit que je vais d'abord à l'ermitage?

MAZETTO.

Pourquoi faire?

D. PASCAL.

Une bonne œuvre...., un vœu...., une charité.

MAZETTO.

C'est cela : des charités quand on n'a plus besoin de rien. Vous venez trop tard; le pauvre Ermite a quitté ce monde.

D. PASCAL, *vivement.*

Il est mort!

MAZETTO.

Hélas! oui.

D. PASCAL, *à part.*

Oh! quelle nouvelle!... mais ce diable de livre!... que serat-il devenu?... Voyons; je me souviens qu'il le cachait toujours dans un coin du rocher.

NAZETTO.

Qu'est-ce que vous dites?

D. PASCAL.

Je dis que je veux toujours aller réciter mon chapelet à l'ermitage. Où est le chemin? Dépêchons.

MAZETTO, *désignant le fond, à droite.*

Oh! il faut encore remonter le fleuve pendant un bon quart d'heure. Si vous prenez une barque, je ferai l'effort de m'y asseoir à vos côtés pous vous guider, mais autrement je reste ici.

D. PASCAL.

Non, non, tu as raison; prenons une barque. En avez-vous ici?.... Eh! tiens, en voilà une qui nous arrive, et dont le batelier est un gaillard qui sait manier la rame.

MAZETTO, *regardant sur le fleuve, à gauche.*

Eh! pardi, ce gaillard-là est à vous, c'est le jardinier du château.

D. PASCAL.

Vraiment?

MAZETTO.

Oui, écoutez, le voilà qui chante.

FERNAND, *sans être vu.*

CHANT.

PREMIER COUPLET.

Comme l'hirondelle
Voltigeant sur l'eau,
Voguez vers ma belle,
Mon léger bateau.
Après un voyage
Cruel à tous deux,
Voici le rivage
Où l'on est heureux!

D. PASCAL.

Ah! mon Dieu! que viens-je d'entendre!

MAZETO.

Et quoi donc?

D. PASCAL.

C'est lui! c'est sa voix!

MAZETTO.

Et qui donc?

D. PASCAL.

Je ne puis comprendre!...

MAZETTO, *voyant venir Inez.*

Voici sa belle; je la vois.

D. PASCAL, *l'entraînant à l'écart.*

Sa belle!... Viens sous ce feuillage.

MAZETTO, *le suivant.*

Le courroux est sur son visage.

SCÈNE VIII.

LES MÊMES, *cachés;* FERNAND *en habits villageois, dans un bateau sur le fleuve;* INEZ.

INEZ, *sur un rocher.*

Le voilà! c'est lui! je le vois!

DEUXIÈME COUPLET.

Comme l'hirondelle
Voltigeant sur l'eau,
D'un ami fidelle
Je vois le bateau:
Après un voyage
Cruel à tous deux,
Voici le rivage
Où l'on est heureux!

FERNAND, *sautant sur la rive.*

Inez!

INEZ.

Fernand!

FERNAND.

Oh! mon amie!

INEZ.

Enfin, auprès de moi!

FERNAND.

Enfin je te revoi!

INEZ.

Que tu m'es cher!

FERNAND.

Qu'elle est jolie!

MAZETTO, *bas à D. Pascal.*

Eh bien! seigneur?

D. PASCAL, *se glissant derrière les amans.*

Tais-toi! tais-toi.

INEZ *et* FERNAND.

Ensemble.

Après un voyage
Cruel à tous deux,
Voici le rivage
Où l'on est heureux!

D. PASCAL, *les séparant.*

Doucement! me voilà!

FERNAND, *s'écriant.*

Mon père!

INEZ.

Son fils!

MAZETTO.

Son fils!

D. PASCAL, *en colère.*

Le beau mystère!
Quels habits! quel abaissement!

INEZ, *avec douleur.*

Son fils! O mon Dieu, je t'implore!

FERNAND.

Inez! écoute ton amant!

D. PASCAL.

Que direz-vous!

FERNAND.

Que je l'adore !
Que rien ne peut me la ravir.
Être son époux ou mourir !

INEZ.

Ah ! laissez-moi !

D. PASCAL.

Quelle folie !
Pour punir ton égarement,
Ce soir, ce soir, ta chère amie
Ira coucher dans un couvent !

FERNAND *et* INEZ.

Grands dieux !

MAZETTO, *courant chercher du secours.*

Un couvent ! doucement !

SCÈNE IX.

LES MÊMES, *hors* MAZETTO.

INEZ, *à genoux.*

AIR.

Ah ! je suis innocente !
Ah ! plaignez mon malheur !
Que ma voix gémissante
Touche, hélas ! votre cœur !
Il obtint ma tendresse,
En cachant à ma foi
Le rang et la richesse
Qui l'éloignent de moi.
Obéir à son père,
M'oublier à jamais,
Ah ! telle est la prière
Qu'à genoux je lui fais.
Oui, qu'il m'oublie,
Et pour la vie !
Mais de ma sœur, hélas !
Ne me séparez pas !

Ensemble.

INEZ.	FERNAND.	D. PASCAL.
Ah ! je suis innocente !	De son âme innocente,	Cette pauvre innocente
Ah ! plaignez mon malheur !	Ah ! plaignez la douleur !	Affaiblit ma rigueur ;
Que ma voix gémissante	Que sa voix gémissante	Et sa voix gémissante
Touche, hélas ! votre cœur !	Touche, hélas ! votre cœur !	Va tout droit à mon cœur.

SCÈNE X.

LES MÊMES, ANTONIA, MELLO, MAZETTO et Villageois, *accourant.*

CHANT *très-vif.*

ANTONIA, *courant à Inez.*

Ma sœur! ma sœur!

MELLO, *de même.*

On te menace!

CHŒUR.

On la menace! on la menace!

ANTONIA.

Ma sœur! ma sœur!....

INEZ, *dans ses bras.*

Antonia!

Ensemble général.

CHŒUR, MELLO, ANTONIA, MAZETTO.	FERNAND.
On la menace! on la menace!	Ah! mes amis, point de menace!
Chacun de nous la défendra.	Mon père nous écoutera.

D. PASCAL, *ayant peur.*	INEZ.
Eh! point du tout! je lui fais grâce.	Ah! mes amis, point de menace!
Que veulent dire ces cris-là!	Son père nous écoutera.

D. PASCAL, *tremblant un peu.*

Silence, que diable! entendons-nous, s'il est possible. Ne me forcez pas à tirer mon épée de gentilhomme. Je consens à laisser ma colère se reposer un instant; mais il me sera permis d'interroger Monsieur mon fils, j'espère.

ANTONIA, *vivement, et avec sensibilité.*

Et que dira-t-il qui ne soit à sa honte? Je l'aimais déjà comme un frère; il était l'ami de la famille; et il abusait de la confiance, de la simplicité de nos cœurs! Il a payé notre franche hospitalité en portant le trouble et le malheur dans nos paisibles cabanes!.... Ah! qu'il s'éloigne! qu'il parte! sa présence nous est cruelle! et l'amitié trompeuse est une peine que nous ne connaissions pas encore!.... (*Prenant*

Inez dans ses bras.) Viens, ma sœur, viens ! c'est dans mon sein que doivent couler tes larmes : tu sais combien je t'aime ? combien ta douleur est la mienne ? On dit que le même jour nous a vu naître : ainsi la nature nous unit avant même d'ouvrir nos yeux à la lumière ! Tourne tes tiens vers moi ; regarde ; vois combien je te plains ! Parle ! un seul mot de ta bouche qui puisse m'encourager à te consoler, et qui me donne l'espérance de te voir un jour me sourire encore !

       MAZETTO, *sanglottant.*

Ah ! ah !.... oh !....

       D. PASCAL, *s'essuyant les yeux.*

Ah ! ça, voulez-vous finir vos pleurnicheries !

       MELLO, *de même.*

Et pardi, monseigneur, cela vous gagne comme nous ; le moyen d'y tenir en écoutant cette voix si douce !

       FERNAND, *vivement.*

Mon père ! et vous, mes amis, écoutez-moi tous ; rendez-moi votre estime. Je descendis un jour sur cette rive ; Inez était là, au pied de ces orangers. Trompée par mes simples habits de pêcheur, elle me crut son égal, et répondit à mes questions avec une grâce naïve, dont le souvenir me suivit partout ; je revins la voir tous les jours : je la jugeai trop sage pour m'aimer, si elle apprenait le rang de ma famille, et je n'osai le lui découvrir. Auprès d'elle, j'oubliais les obstacles qui s'opposaient à mes vœux ; mais dès que j'étais seul, je pensais à mon père, au malheur de ma situation !... lorsqu'un soir, au moment où j'allais rentrer dans ma barque, un vieillard paraît devant moi, et m'ordonne de m'arrêter : c'était l'Ermite du voisinage.

       MELLO.

Notre bon père Ambroise ?

       ANTONIA.

Le protecteur de la famille ?

       MAZETTO.

Notre Providence !

       INEZ.

Qu'entends-je !....

D. PASCAL, *inquiet.*

Dépêchons, voyons, votre Ermite?....

FERNAND.

Il avait surpris nos adieux avec Inez: d'abord, son langage fut sévère; il doutait de la pureté de mes sentimens; je me justifiai; et il m'inspira tant de confiance, qu'en lui avouant mon amour, je lui dis aussi mes tourmens, mon désespoir et le nom de ma famille.

D. PASCAL, *à part.*

Ah! mon Dieu!

FERNAND.

Olivéros, s'écria-t-il avec la plus grande surprise!.... et soudain il m'accabla de questions. Votre père est d'origine portugaise? C'est au Brésil qu'il s'est marié? qu'il a fait une grande fortune? depuis quand son retour? où est-il maintenant?.. Et quand j'eus satisfait à toutes ses demandes: O Providence! s'écria-t-il encore; Fernand, Inez, vous serez heureux! Je vais écrire à votre père; il sera glorieux d'appeler Inez sa fille! Le témoignage de Mello!.... le secret précieux dont je suis possesseur!.... Allez, mon ami, laissez-moi faire; mais je vous ordonne le plus profond silence, et qu'Inez elle-même ignore ce que je viens de vous dire.

D. PASCAL, *à part.*

Ah! je respire! il ne m'a pas trahi!

MELLO, *à don Pascal, un peu ému.*

Et vous a-t-il écrit, Monseigneur?

D. PASCAL.

Oui, pour me demander une entrevue. Mais que diantre voulait-il m'apprendre?

FERNAND.

Un secret dont Mello connaît une partie.

INEZ, *à Mello.*

Mello? vous entendez?

ANTONIA, *à Mello.*

Mon ami?.... pourquoi donc garder le silence?

2 *

MELLO, *entre les deux sœurs, avec émotion et tristesse.*

Tu as raison. Puisque l'Ermite m'appelle en témoignage, puisqu'il veut enfin que je parle, après me l'avoir si long-temps défendu... Mais donnez-moi votre main toutes deux. Restez près de moi. Je ne sais ce que j'éprouve, je tremble un peu, et si j'osais, je pleurerais comme un enfant.

ANTONIA.

Et pourquoi?

INEZ.

Achevez.

MELLO.

Ce secret qu'on me demande, je le garde depuis vingt ans. L'Ermite le voulut ainsi : il dit à ma pauvre mère que votre sort et même vos jours dépendaient de notre silence.

INEZ.

Est-il possible!

ANTONIA.

Quel mystère!

MELLO.

Ma mère vous nourrit, vous éleva comme ses petites nièces, orphelines dès votre naissance; mais, puisqu'il faut vous l'avouer, je ne suis pour vous qu'un ami : entre nous, aucun lien de famille; et le hasard lui seul vous jeta dans notre cabane. (*Mouvement général de surprise.*)

CHANT.

TOUS, *hors Mello.*

Mais qu'a-t-il donc? Son cœur soupire.
Les yeux baissés, il est tremblant.
Écoutons bien, que va-t-il dire?
Que ce mystère est surprenant!

MELLO.

AIR.

A peine en mon adolescence,
De la tempête, un jour bravant la violence,
Je voguais sur le fleuve, et le vent m'entraîna.
Jusqu'à la mer ma barque s'égara.

Hélas! quelle affreuse image
Vint s'offrir à mes regards!
D'un vaisseau fesant naufrage
Je vois les débris épars!
Mais, pour comble d'épouvante,
J'aperçois sur le vaisseau
Une femme gémissante
Qui vers moi lance un berceau!....
La pitié soudain m'attire,
Et je vois deux pauvres enfans
Qui semblaient, hélas! sourire
À la mort, aux flots menaçans!
  En ce moment j'oublie
  Le péril que je cours;
  Et soudain, je m'écrie,
  Au ciel ayant recours:
« Mon Dieu! je suis bien faible encore!
» Que ma force vienne de toi!
» Guide ma barque! je t'implore!
» Pour les sauver, sers-toi de moi! »
  Le ciel entendit ma prière;
  Il me permit de les sauver;
  Je vins les offrir à ma mère;
  Ma mère a su les élever!

(Les deux Sœurs poussent un cri, et se jettent dans ses bras.)

(Il continue.)

  Mon Dieu! ma voix te remercie
  De ton secours, de ta faveur.
  En me fesant sauver leur vie
  De mes jours tu fis le bonheur!

TOUS, *reprenant avec Mello.*

ANTONIA *et* INEZ, *à genoux.*	TOUS LES AUTRES.
Mon Dieu! ma voix te remercie	Mon Dieu! chacun te remercie
De ton secours, de ta faveur!	De ton secours, de ta faveur!
Ah! s'il nous a sauvé la vie,	Ah! s'il leur a sauvé la vie,
A ses jours donne le bonheur!	A ses jours tu dois le bonheur.

FERNAND, *vivement.*

  Oh! ciel! et pour les reconnaître,
    Dans le berceau
    N'a-t-on pu mettre
  Un écrit, ou quelque joyau?

MELLO.

  Je vis un papier, une lettre
  Ou plutôt un parchemin
  Que l'Ermite cacha soudain.

D. PASCAL.

Où les trouver !

INEZ, *courant à Mazetto.*

Ah !....

TOUS.

Quel transport !

MAZETTO, *s'écriant, montrant le parchemin.*

Le voici !

TOUS.

Ciel !

INEZ, *donnant l'écrit à D. Pascal.*

Ah ! voilà notre sort !

D. PASCAL, *regardant le parchemin.*

Un cachet des plus antiques !
Et des armes magnifiques !

FERNAND, *impatient.*

Mon père !....

D. PASCAL, *parcourant des yeux.*

Un moment, un moment.

CHŒUR GÉNÉRAL, *pendant qu'il lit tout bas.*

Ah ! quel secret ! que va-t-il lire ?
Que ce mystère est surprenant !
Voyons, voyons, que va-t-il dire ?
Écoutons bien; ah ! quel moment !

D. PASCAL, *très-vivement.*

Oh ! ciel ! quelle illustre famille !

TOUS.

Parlez, parlez !

D. PASCAL.

Ah ! quel bonheur !.

TOUS.

Parlez !

D. PASCAL, *à Inez.*

Ah ! vous serez ma fille !

INEZ.

Grand Dieu !

FERNAND.

Mon père !....

D. PASCAL.

Oh ! quel honneur !

TOUS.

Prenez pitié de notre attente !

D. PASCAL.

Oui, j'en tiens la preuve évidente,
Ces enfans que le ciel sauva
Sont comtesses de Médina !

CHŒUR, MAZETTO et FERNAND.

Oh ! ciel !

LES DEUX SŒURS.

Ma sœur !

MELLO, à part, tristement.

Antonia !

D. PASCAL, prenant la main d'Inez.

Entrons chez vous, conduisez-moi !
Je veux, je vais écrire au Roi.

ANTONIA, à Inez.

Je ne puis quitter nos amis ;
Mais, dans un instant, je te suis.

MELLO, à part.

Ah ! je ne sais, hélas ! pourquoi,
Mais je suis triste malgré moi !

D. PASCAL.

Allons, allons, écrire au Roi.

(Reprise de l'ensemble général).

Mon Dieu ! ma voix te remercie
De ton secours, de ta faveur, etc.....

(Don Pascal, Fernand et Inez entrent dans la cabane. Tous
les autres sortent par la droite).

FIN DU PREMIER ACTE.

ACTE DEUXIÈME.

Même Décoration.

SCÈNE PREMIÈRE.

MELLO, *arrivant tristement.*

ROMANCE.

PREMIER COUPLET.

Comme autrefois, la danse du village
Semble flatter ses innocens désirs :
Comme autrefois, gaîment elle partage
De nos amis les jeux et les plaisirs ;
Et cependant elle sait la distance
Qu'entre nous deux le sort met en ce jour !
Pourquoi garder avec moi le silence !
Ce n'est plus moi qui dois parler d'amour !

DEUXIÈME COUPLET.

Dans le chagrin dont mon âme est émue,
Quand j'ai quitté nos amis si joyeux,
Sur elle encor j'ai ramené ma vue ;
Mais son regard n'a pas cherché mes yeux !
Et cependant elle sait la distance
Qu'entre nous deux le sort met en ce jour !
Pourquoi garder avec moi le silence !
Ce n'est plus moi qui dois parler d'amour !

SCÈNE II.

MELLO, ANTONIA.

ANTONIA, *cherchant des yeux.*

Mais, mon Dieu, où est-il donc allé ?

MELLO, *se retournant.*

La voici !

ANTONIA.

Eh bien ! que fais-tu là tout seul ? pourquoi donc nous as-tu quittés ?

MELLO.

Je ne sais. Tout ce bruit.... toutes ces chansons..... j'avais besoin d'un moment de solitude.

ANTONIA, *gaîment.*

A la bonne heure. Mais un fiancé ne peut pas ainsi quitter la noce. Allons, allons, venez, Monsieur mon maître.

MELLO.

Un instant. Tu venais donc uniquement pour me ramener à la danse ?

ANTONIA.

Sans doute.

MELLO.

Et voilà tout ce qui t'occupe ?

ANTONIA.

Et quoi donc ?

MELLO.

Rien..... mais je croyais.....

ANTONIA.

Tu croyais ?....

MELLO.

Que tu voulais me parler d'autre chose.

ANTONIA.

Comment ?.... Et qu'aurais-je à te dire ?

MELLO.

C'est facile à deviner.

ANTONIA.

En ce cas, je n'ai pas d'esprit aujourd'hui.

MELLO.

Oh ! de l'esprit !... Ce n'est pas ce que je demande.

ANTONIA.

Non ?

MELLO.

Non,

ANTONIA, *après un silence.*

Si nous causons comme ceci toute la soirée, la conversation sera bien gentille.

MELLO.

Et quoi, ne devines-tu pas que je sens là quelque chose qui m'intimide, qui me tourmente, quand je songe que tu es une grande dame ?

ANTONIA, *gaîment.*

Bah ! et qu'est-ce que ça te fait et à moi aussi ? Est-ce que tu me trouves changée par hasard ! Est-ce que ma voix est devenue méchante ? Est-ce que je marche fièrement ? Suis-je enlaidie ? Ne sais-je plus sourire à te faire plaisir ? Ai-je les yeux plus grands ou plus petits ?..... Enfin, voyons, regarde-moi et finissons-en, car vraiment tu me fais une mine qui ne va pas du tout avec un jour de noce.

MELLO.

Tu ne m'entends pas !.... Songe à la différence de ton sort et du mien. Ne seras-tu jamais fâchée de m'avoir aimé, moi simple pêcheur, et toi.....

ANTONIA, *vivement.*

N'achève pas ! tais-toi ! ah ! je te comprends maintenant ! tu me fais cette injustice ! tu doutes de mon cœur !.... Moi fâchée de t'aimer ? Moi dédaigner l'époux de mon choix, parce que je viens d'apprendre qu'il a sauvé ma vie !..... Ah ! c'est toi qui es changé, car voilà le premier chagrin que tu me donnes !

MELLO, *très-vivement.*

Ah ! pardon ! pardon ! j'étais bien malheureux !

DUO.

ANTONIA.

Toujours même tendresse
Pour Mello sera là !
Comme en notre jeunesse,
Je suis Antonia !

MELLO.

Oh ! trop douce assurance !

ANTONIA.

Ami de mon enfance !

MELLO.

Combien je suis heureux !

ANTONIA.

Reçois encor mes vœux.

Ensemble.

ANTONIA.	**MELLO.**
Toujours même tendresse Pour Mello sera là ! Comme en notre jeunesse, Je suis Antonia !	Toujours même tendresse Pour Mello sera là ! Comme en notre jeunesse, Elle est Antonia !

ANTONIA, *regardant à travers le feuillage, à droite.*

On ouvre la chapelle.

MELLO.

Oh ! fortuné moment !

ANTONIA.

Bientôt ou nous appelle.

MELLO.

Je vois qu'on nous attend.

ANTONIA.

Dans mes yeux tu peux lire
Le gage de ma foi.

MELLO.

Dans mes yeux tu peux lire
Mon bonheur d'être à toi.

ANTONIA, *montrant le côté de la chapelle.*

C'est là que je vais dire....

MELLO.

C'est là que tu vas dire ?....

ANTONIA.

Au Ciel, ainsi qu'à toi....

MELLO.

Au Ciel, ainsi qu'à moi ?....

Ensemble.

ANTONIA.	MELLO.
Toujours même tendresse	Toujours même tendresse
Pour Mello sera là !	Pour Mello sera là !
C'est la douce promesse	C'est la douce promesse
De son Antonia !	De mon Antonia !

SCÈNE III.

LES MÊMES, MAZETTO, *préoccupé.*

MELLO, *à Antonia.*

Tiens, voilà Mazetto qui vient nous avertir.

MAZETTO.

Oui, le chapelain est arrivé.

ANTONIA.

Et ma sœur?... Je la veux près de moi.

MAZETTO.

Elle est là, dans le jardin, avec sa noble compagnie. Et je ne sais pas quel plaisir ils ont à s'agiter ainsi; mais ils font de grands pas, de grands gestes; et quand le vieux seigneur m'a appelé pour que j'aille porter cette lettre à ses domestiques, j'ai encore vu des pleurs dans les yeux d'Inez.

ANTONIA.

Comment?..... Ah! je la vois venir.

SCÈNE IV.

LES MÊMES, INEZ.

INEZ, *agitée et feignant de sourire.*

Pardon, ma sœur, pardon. Tu m'attendais, me voilà.

Viens. Je veux être à l'autel, à genoux, près de toi. Es-tu prête? Voyons : oui, le bouquet, le voile. C'est cela; tu es belle. Partons, Mello, partons, marchons tous trois ensemble, et que le ciel vous soit à jamais favorable !

MELLO.

Comme elle est émue !

ANTONIA.

Eh! mon Dieu, chère Inez, qu'as-tu donc? Ta pâleur!....

INEZ.

Moi? comment? Je n'ai rien. Je suis folle peut-être..... Ce changement dans notre destinée; tant d'événemens, de surprise!..... Mon cœur, ma tête n'y sauraient tenir!.... Viens, viens, c'est ton bonheur qui me trouble et m'agite !

ANTONIA.

Et bientôt c'est le tien qui nous occupera.

MELLO.

Oui, oui, dans quelques jours.....

INEZ, *les entraînant.*

Ah! ne pensons qu'à vous ! venez, venez, amis; partons, il en est temps.   (*Ils sortent par la droite*).

SCÈNE V.

MAZETTO, *seul, réfléchissant.*

Je consens à ne pas m'allonger une seule minute sur le gazon, pendant toute la journée de demain, s'il n'y a pas ici quelque chose de nouveau. Je n'en démordrai pas. Mon ami Don Pascal-Ribéros-Olivéros-Montésinos aura encore fait des siennes. Je ne sais pas, mais ce grand seigneur-là a des allures bien singulières!.... Ses vieilles accointances avec le père Ambroise, ses grimaces de possédé quand son fils lui racontait son entrevue avec l'Ermite..... Tout cela m'étourdit; et ma tête rumine comme quand j'ai bu un verre de trop. Et pour m'achever, il faut courir au village avec ce diable de paquet. (*Il lit l'adresse de l'enveloppe qu'il tient*). « A Morillos, mon premier valet de chambre, pour

» galopper à Lisbonne, et remettre à l'officier de service ... »
(*S'interrompant et vivement*). Que vois-je !.... Quelle écri-
ture !.... Je la connais déjà !.... Et tantôt dans mon livre !....
Oh! quelle idée subite !.... On vient ! on se dispute ! écoutons.
(*Il se tient à l'écart*).

SCÈNE VI.

MAZETTO, D. PASCAL, FERNAND *sortant de la*
cabane.

D. PASCAL, *vivement à Fernand.*

Taisez-vous !

FERNAND.

Par pitié !

D. PASCAL.

Non, vous dis-je ! jamais !

FERNAND.

Rien ne peut vous fléchir !

D. PASCAL.

Vous êtes fou, je crois !

FERNAND.

Quoi ! pour me rendre heureux, vous exigez le malheur
des autres !

D. PASCAL.

Est-ce ma faute à moi, si je n'apprends que tout à l'heure
les amours de ce Mello? Eh! parbleu, je lui donnerai de
l'argent ; et il se passera bien d'épouser une comtesse !

MAZETTO, *à part.*

J'y suis! oh! le méchant homme !

D. PASCAL.

Inez est allée leur dire mes volontés.

FERNAND.

N'en croyez rien ; Inez est trop généreuse, et je m'oppo-
serais moi-même.....

D. PASCAL, *s'emportant.*

Oh! ciel! vous! mon fils, le beau-frère d'un pêcheur!....
Cette idée seule me fait frissonner de la tête aux pieds! comment
reparaîtrais-je à la cour! devant le roi! devant les courtisans, si jaloux de ma faveur!....

FERNAND, *très vivement.*

Eh! que m'importent les courtisans! n'ai-je pas versé
mon sang à l'armée! briseront-ils l'épée avec laquelle j'ai
servi mon pays? Cette noblesse me suffit; elle est à moi tout
entière; et plût au ciel que vos ayeux n'en eussent pas une
autre à venir jeter entre le bonheur et moi!

D. PASCAL, *en fureur.*

Mes ayeux!.... Mes ayeux!.... Taisez-vous, insolent!

FERNAND, *sortant.*

Je cours auprès d'Inez, et rien au monde ne m'en pourra
séparer!

SCÈNE VII.

DON PASCAL, MAZETTO.

D. PASCAL.

La colère me tue!

MAZETTO, *s'approchant.*

Bon. Il est seul. Voyons, j'en aurai le cœur net.

D. PASCAL, *le voyant.*

Quoi! tu n'es pas parti?

MAZETTO.

Je ne peux pas; je suis garçon de noce.

D. PASCAL.

Imbécille! et mon message?

MAZETTO.

Il va partir, je viens d'appeler un berger qui fera la course
deux fois plus vite que moi. Et, d'ailleurs, vous m'avez
retenu pour votre pélerinage à la grotte du père Ambroise.

Voilà que la fraîcheur du soir commence, et quand vous
voudrez....

D. PASCAL.

Eh ! va-t-en au diable avec ton Ermite !

MAZETTO.

Au ciel, vous voulez dire? car c'était un brave homme
que le défunt ! un illustre marquis ! un vrai gentilhomme !
qui avait quitté le monde et fesait pénitence depuis l'âge de
vingt-cinq ans !

D. PASCAL, *subitement inquiet.*

Hein?.... Comment peux-tu savoir un tel secret, toi?

MAZETTO.

Moi? oh ! j'étais son confident, son écolier; et c'est lui
qui m'a appris à lire dans son admirable livre !

D. PASCAL, *vivement.*

Dans son livre !

MAZETTO.

Oh! les belles aventures qu'il y avait écrites!.... Mais la
plus jolie, la plus divertissante est celle d'un original, qu'on
appelait Mascarillez.

D. PASCAL, *à part.*

Oh ciel !

MAZETTO.

Je l'ai retenue par cœur, et un de ces jours je veux vous
en régaler. Adieu, je vais envoyer votre paquet.

D. PASCAL, *le retenant.*

Non, non, voyons; tu me rends curieux.

MAZETTO.

Oh! volontiers, ça m'amuse à raconter.

DON PASCAL.

Parle, mon garçon; ton humeur me plaît. Tu es gentil,
d'honneur. (*A part.*) Que la peste l'étouffe!

MAZETTO.

Vous êtes bien honnête!.... Eh bien ! Monseigneur, figurez-vous donc qu'il y a environ quarante ans, ce pendard de Mascarill z'était, à Lisbonne, petit secrétaire d'un duc; là, il lui prit une maladie, une rage de se faire passer pour gentilhomme; et un soir il s'empara tout bonnement du nom, des habits, des rubans de son maître, et s'introduisit chez une grande dame!.... Vous comprenez l'insolence, pas vrai?

DON PASCAL, *faisant la grimace.*

Oui, oui. Continue.

MAZETTO.

Il fut démasqué. Le duc mit du monde à ses trousses, pour le rouer de coups de bâton. On parlait même de le pendre; mais il se sauva la nuit dans nos rochers: la lumière de l'hermitage le guida vers le père Ambroise, qui eut pitié de lui, le cacha pendant quelques jours, et le fit enfin embarquer pour le Brésil.

D. PASCAL, *respirant.*

En ce cas, bon voyage!

MAZETTO.

Attendez donc! Le duc de contrebande était signalé à tous les patrons du port, et, pour les tromper, il lui fallait des papiers.

D. PASCAL, *à demi-voix.*

Aïh! aïh!....

MAZETTO.

Précisément: aïh! aïh! mais le père Ambroise eut encore la charité de prêter ses titres de noblesse à ce faquin, cet impudent, cet animal de Mascarillez.

D. PASCAL, *à part.*

Avalons la pilule!

MAZETTO, *riant.*

Eh bien! l'histoire ne vous fait pas rire?

D. PASCAL, *riant par force.*

Si fait, si fait! (*Ils rient tous deux très-fort.*) Et voilà tout, n'est-ce pas? Point de nouvelles depuis?

MAZETTO.

Voilà le malheur. Et je suis sûr qu'en vous appelant ici,

5

l'Ermite voulait vous prier de lui aider à retrouver son homme.

D. PASCAL.

Pourquoi faire ?

MAZETTO.

Pardi ! pour finir la supercherie , et rattraper ses papiers.

D. PASCAL.

Et comment? Il eût fallu des preuves.... Et y en avait-il ?

MAZETTO.

Certainement. Mascarillez avait écrit, de sa belle main, une reconnaissance sur le livre de l'Ermite.

D. PASCAL , *a part.*

Il sait tout! je suis mort !

MAZETTO.

Page deux cent cinquante.

D. PASCAL , *à part.*

Jusqu'à la page !

MAZETTO, *jouant avec le papier qu'il tient.*

Eh ! quelle écriture !.... Elle m'est toujours restée dans la tête ; presque aussi belle que la vôtre !.... Et quand je regarde l'adresse que vous avez mise sur cette enveloppe.....

D. PASCAL, *lui arrachant le paquet.*

C'est bon , c'est bon ; je l'enverrai plus tard.

MAZETTO , *vivement à part.*

C'est lui !

D. PASCAL, *agité.*

Mais dis-moi , mon ami, ce livre si fameux ? je voudrais bien le voir, et me divertir à mon tour.

MAZETTO, *à part.*

Oh! doucement!

D. PASCAL.

A qui l'Ermite l'a-t-il laissé ? est-ce à toi, par hasard ?

MAZETTO, *pleurant.*

Plût au ciel!

D. PASCAL.

Que dis-tu ?

MAZETTO, *sanglottant.*

Ah ! ah !.... La veille de sa mort !.... Ah !.... oh !....

D. PASCAL.

Parle donc !

MAZETTO.

Dans un feu pétillant !....

D. PASCAL, *très-vivement.*

Il a brûlé son livre !

MAZETTO.

Pas une ligne de sauvée !....

D. PASCAL, *enchanté.*

Ouf !... le saint personnage !

MAZETTO, *continuant à sanglotter.*

Ah !.... ah !... oh ! oh !....

D. PASCAL.

Et finis donc, pleurard !.... La perte n'est pas grande !....
On vient ! tiens, mon garçon ; je veux te consoler.

MAZETTO.

Un écu d'or !

D. PASCAL, *le quittant.*

Bonjour.

MAZETTO, *sortant par le berceau.*

Attends, attends ; je t'en vais rendre la monnaie.

SCÈNE VIII.

DON PASCAL, FERNAND, INEZ.

FINAL.

INEZ, *vivement.*

Le Ciel m'a donné du courage !

FERNAND, *à D. Pascal.*

Inez a rempli son devoir.

D. PASCAL, *à Inez.*

Eh bien ? de ce beau mariage
Vous leur avez ôté l'espoir ?

INEZ, *vivement.*

Eh ! quoi ! vous m'avez fait l'outrage
De me charger d'un tel message !
Qui, moi ! pour prix de mon bonheur,
J'aurais désespéré ma sœur !
Non, non, je suis plus généreuse !
C'est moi qui serai malheureuse !
Tenez ! entendez-vous ces chants ?
Le Ciel a béni leurs sermens !

SCÈNE IX.

LES MÊMES, ANTONIA, MELLO, *suivis de tous les Villageois.*

CHŒUR, *entrant en dansant.*

Célébrons le mariage
De Mello, d'Antonia !
Leur amour est le présage
Du bonheur qui les suivra !

FERNAND, *aux pieds de son Père.*

Mon père, aurez-vous le courage
De faire ici notre malheur !

MELLO *et* ANTONIA, *surpris.*

Que dit-il ! comment ! quel langage !
Et pourquoi donc cette douleur !

D. PASCAL, *à son Fils.*

Silence ! et calmez ce délire.
Je n'ai plus qu'un seul mot à dire ;
Et puis, je ne cède plus rien.

FERNAND *et* INEZ.

Parlez, parlez ! Eh bien ? eh bien?

D. PASCAL.

Oui, je consens, je le déclare,
Que mon fils soit l'époux d'Inez,
Pourvu que de sa sœur ce moment la sépare ;
Et pour ne se revoir jamais !

TOUS.

Oh ! ciel !

MELLO, *à part.*

Ah ! c'est moi seul qui le rends si barbare !

(*Moment de silence. Tous les regards se fixent sur les deux sœurs qui se rapprochent sur le devant du théâtre, les yeux baissés, sans oser se regarder, et cherchant la main l'une de l'autre.*)

ANTONIA.

Inez !....

INEZ.

Ma sœur !....

ANTONIA.

Ma seule amie !

INEZ.

Ton cœur ?....

ANTONIA.

Le tien ?

INEZ.

Ne plus nous voir !

ANTONIA.

Ma sœur !....

INEZ.

Hélas !....

ANTONIA.

Quoi ! pour la vie !

INEZ.

Oh ! ciel !....

ANTONIA.

Hélas !....

INEZ.

Quel désespoir !

ANTONIA.

Inez ! Inez !....

INEZ.

Ma sœur chérie !....

ANTONIA.

Ma sœur! ma sœur!....

INEZ.

Ma seule amie!

ANTONIA.

Pour toujours, loin de moi!....

INEZ.

Pour toujours, loin de toi!....

(*Leurs yeux se rencontrent, elles tombent dans les bras l'une de l'autre, en s'écriant ensemble :*)

Ah! plutôt perdre la vie!
Non! je n'y puis consentir!
Ah! ma sœur! ma sœur chérie!
Avec toi vivre et mourir!

D. PASCAL, *très-fort à son Fils.*

Partons!

LES DEUX SŒURS.

Partez!

MELLO.

Oh! ciel!

FERNAND.

Que faire!

D. PASCAL, *entraînant Fernand.*

Partons!

LES DEUX SŒURS.

Partez!

MELLO.

Oh! ciel!

FERNAND.

Mon père!

SCÈNE X ET DERNIÈRE.

LES MÊMES, MAZETTO, *arrivant gravement, son chapeau sur les yeux; le manteau de l'Ermite sur ses épaules et tenant son livre ouvert.*

MAZETTO, *arrêtant la sortie de D. Pascal.*

Silence, tous! race hypocrite!

Courbez-vous, fragiles roseaux !
Silence ! indignes vermisseaux !
Je tiens le livre de l'Ermite !

D. PASCAL, *à part.*

Oh ! ciel !

TOUS LES AUTRES.

Le livre de l'Ermite !

MAZETTO, *éloignant D. Pascal.*

Plus loin !.... et du saint homme, avec recueillement,
Écoutez tous le testament !

D. PASCAL, *bas à Mazetto.*

Ah ! scélérat, qui m'avais dit
Que ce livre brûlé !....

MAZETTO.

Taisez-vous ! point de bruit !

TOUS.

Taisons-nous ! point de bruit ! point de bruit ! point de bruit !

MAZETTO, *feignant de lire.*

« Selon le vœu de son âme,
» Inez doit être la femme,
» Sans aucun empêchement,
» Du fidèle don Fernand.
» Sa dot est ici présente
» Au feuillet deux cent cinquante.
» Pour Inès c'est un trésor
» Qui vaut mieux que beaucoup d'or.
» De mon livre détachée,
» Cette page bien cachée
» A Pascal appartiendra
» Sitôt qu'il consentira.
» Mais à ce doux mariage
» S'il refuse son suffrage,
» J'ordonne et veux qu'après moi,
» Mazetto la porte au Roi. »

D. PASCAL, *épouvanté.*

Au Roi !

TOUS.

Quel singulier mystère !

MAZETTO, *bas à D. Pascal.*

Eh bien ?

D. PASCAL, *bas.*

Coquin ! songe à te taire !

MAZETTO, *bas, lui montrant le feuillet détaché du livre.*

J'en fais serment : dépêchez-vous.

D. PASCAL, *haut, regardant le ciel, et son chapeau à la main.*
O saint Ermite !
O noble Ermite !

(*Entre ses dents*).
Chien d'hypocrite !

TOUS.
Eh bien ? eh bien ?

MAZETTO, *à D. Pascal.*
Dépêchons-nous.

D. PASCAL, *doucereusement, unissant Inez et Fernand.*

L'Ermite veut ce mariage !
Le ciel protège vos amours.
Mais respectez, et pour toujours,
Les secrets du saint personnage !

TOUS.
Oh ! ciel ! quel changement heureux !
Ce livre est donc miraculeux !

MAZETTO, *saluant D. Pascal (à part.)*
Noble Mascarilles !....

D. PASCAL, *lui arrachant le feuillet.*
Silence !

(*Vivement et très-haut.*)
Mais un moment ! On peut, je pense,
Eviter la mésalliance !
En sauvant ces nobles enfans,
Mello s'est conduit en grand homme ;
Et', par mes soins, dans peu de temps,
Le Roi le fera gentilhomme !

MELLO.
Comment ?....

D. PASCAL.
Oui, je paîrai la somme
Qui te fera gentilhomme légal.

MELLO.
Oh ! volontiers : ça m'est égal.

CHŒUR FINAL.

A l'ermitage, tous les ans,
Nous ferons une visite ;
Et rappelons-nous long-temps
Le Livre de l'Ermite.

(*Avant que le rideau soit baissé, Mazetto, avec un air très-fatigué, est allé s'allonger sous le berceau et s'est endormi.*)

FIN.

Imprimerie PORTHMANN, rue Sainte-Anne, N°. 43.

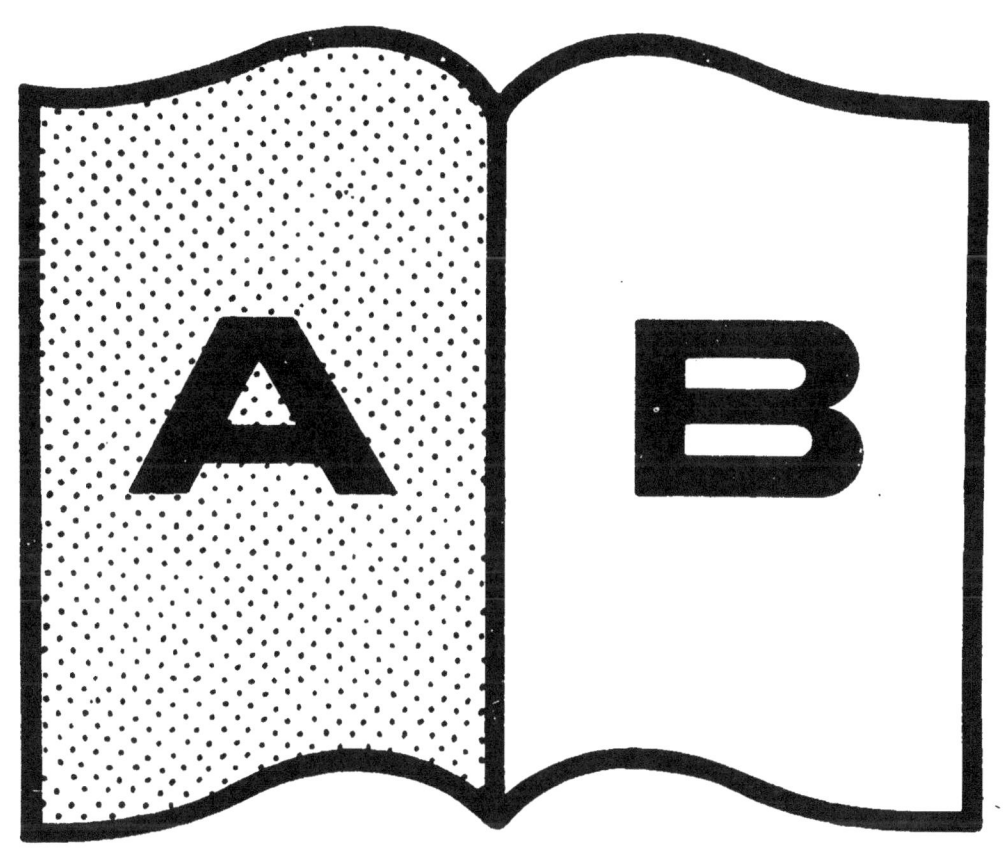

Contraste insuffisant

NF Z 43 120-14

www.ingramcontent.com/pod-product-compliance
Lightning Source LLC
Chambersburg PA
CBHW060839180626
46818CB00004B/1515